# O Pequeno Príncipe

*Creio que ele aproveitou uma migração de pássaros selvagens em sua fuga*

ANTOINE DE SAINT-EXUPÉRY

# O Pequeno Príncipe

Com aquarelas do autor

Tradução de Bruno Anselmi Matangrano

Pé da letra

Título original: *Le Petit Prince*

Diagramação e adaptação de capa: Vivian Oliveira

**CIP-BRASIL. CATALOGAÇÃO NA PUBLICAÇÃO
SINDICATO NACIONAL DOS EDITORES DE LIVROS, RJ**

S144p

Saint-Exupery, Antoine de, 1900-1944
O pequeno príncipe / Antoine de Saint-Exupery ; tradução Bruno Anselmi Matangrano. - 1. ed. - São Paulo : Pé da Letra, 2016.
il. ; 23 cm.

Tradução de: Le petit prince
'Com aquarelas do autor'

ISBN 978-85-61403-69-0

1. Fábula francesa. 2. Ficção francesa. I. Matangrano, Bruno Anselmi. II. Título.

16-32605 CDD: 843
CDU: 821.133.1-3

2016
Pé da Letra Editora
Rua Coimbra, 255 - Jd. Colibri - Cotia - SP Tel
(11) 37330404
www.editorapedaletra.com.br
E-mail - vendas@editorapedaletra.com.br

*A Léon Werth.*

Peço perdão às crianças por ter dedicado este livro a uma pessoa grande. Mas tenho uma séria justificativa: esta pessoa grande é o melhor amigo que tenho no mundo. Tenho uma outra justificativa: esta pessoa grande pode compreender tudo, mesmo os livros para crianças. E tenho uma terceira justificativa: esta pessoa grande mora na França, onde está passando fome e sede. Ela precisa muito ser consolada. Se todas estas justificativas não forem suficientes, eu quero dedicar este livro à criança que outrora esta pessoa grande foi. Todos as pessoas grandes foram, primeiro, crianças. (Mas poucas dentre elas se lembram disso). Eu corrijo, portanto, minha dedicatória:

*A Léon Werth,*

*Quando era um pequeno garoto.*

# I

Quando eu tinha seis anos, vi, uma vez, uma magnífica imagem em um livro que se chamava *Histórias Vividas*, sobre a floresta virgem. Ela representava uma jiboia devorando um bicho. Eis a cópia do desenho.

Diziam no livro: “As jiboias devoram sua presa inteira, sem mastigá-la. Depois disso, não podem mais se mover e dormem durante os seis meses de sua digestão”.

Eu então refleti muito sobre aventuras na selva e, consegui, por minha vez, traçar com um lápis de cor meu primeiro desenho. Meu desenho número 1. Ele era assim:

Eu mostrei minha obra-prima às pessoas grandes e lhes perguntei se meu desenho dava medo.

Elas me responderam:

– Por que um chapéu daria medo?

Meu desenho não representava um chapéu. Representava uma jiboia digerindo um elefante. Então, eu desenhei o interior da jiboia para que as pessoas grandes pudessem compreender. Eles sempre precisam de explicações. Meu desenho número 2 era assim:

As pessoas grandes me aconselharam a deixar de lado os desenhos de jiboias abertas ou fechadas, e a me interessar mais por geografia, história, cálculo e gramática. Foi assim que, aos seis anos de idade, abandonei uma magnífica carreira de pintor. Havia sido desencorajado pelo insucesso de meu desenho número 1 e de meu desenho número 2. As pessoas grandes não compreendem nada sozinhas e é cansativo para as crianças ter de ficar lhes dando explicações o tempo todo...

Portanto, tive de escolher outra profissão e aprendi a pilotar aviões. Voei um pouco em cada canto do mundo. E precisamente a geografia me serviu muito. Eu sabia distinguir, logo ao primeiro olhar, a China do Arizona. Isso é muito útil quando nos perdemos durante a noite.

Ao longo de minha vida, tive também bastante contato com bastante gente séria. Vivi muito na casa de pessoas grandes. Eu os vi de muito perto. Isso não melhorou minha opinião.

Quando encontrava alguém que parecia um pouco lúcido, fazia a experiência do meu desenho número 1, o qual sempre conservei. Queria saber se a pessoa era compreensiva de verdade. Mas sempre me respondiam:

– É um chapéu.

Então eu não lhe falava nem de jiboias, nem de florestas virgens, nem de estrelas. Falava-lhes do que conseguiam entender: de jogos de carta, golfe, política e gravatas. E a pessoa grande ficava bem contente por conhecer um homem tão razoável...

# II

Assim vivi só, sem ninguém com quem falar de verdade, até uma pane no deserto do Saara, há seis anos. Alguma coisa quebrou no meu motor. E como eu não tinha comigo nem mecânico, nem passageiros, eu me preparei para tentar fazer um conserto difícil sozinho. Era para mim uma questão de vida ou morte. Eu tinha, quando muito, água potável para oito dias.

Portanto, na primeira noite, eu dormi sobre a areia a mil milhas de qualquer lugar habitado. Estava bem mais isolado do que um náufrago em uma jangada no meio do oceano. Então imaginem minha surpresa, quando, ao amanhecer, uma vozinha engraçada me acordou. Ela dizia:

– Por favor... desenhe-me um carneiro!

– Hein?

– Desenhe-me um carneiro...

Levantei de um salto como se tivesse sido atingido por um raio. Esfreguei bem meus olhos. Olhei melhor. E vi um rapazinho extraordinário da cabeça aos pés, contemplando-me com seriedade. Eis o melhor retrato que, mais tarde, consegui fazer dele. Mas meu desenho, é claro, ficou bem menos encantador do que o modelo. Não é culpa minha. Fui desencorajado de minha carreira de pintor pelas pessoas grandes, aos seis anos de idade, e não aprendi a desenhar nada além de jiboias fechadas e jiboias abertas.

Observei, portanto, aquela aparição com os olhos arregalados de espanto. Não se esqueça de que eu me encontrava a mil milhas de qualquer região habitada. Ora, meu rapazinho não me parecia nem perdido, nem morto de cansaço, nem morto de fome, nem morto de sede, nem de medo. Nada tinha da aparência de uma criança perdida no meio do deserto, a mil milhas de qualquer região habitada. Quando consegui enfim falar, eu lhe disse:

– Mas... o que você está fazendo aqui?

E ele repetiu então, todo educado, como se fosse uma coisa muito séria:

*Eis o melhor retrato que, mais tarde, consegui fazer dele.*

– Por favor... desenhe-me um carneiro...

Quando o mistério é impressionante demais, não ousamos desobedecer. Apesar de aquilo me parecer tão absurdo a mil milhas de qualquer endereço habitado e sob risco de morte, peguei em meu bolso uma folha de papel e uma esferográfica. Mas eu me recordei então que eu havia estudado sobretudo a geografia, a história, o cálculo e a gramática e disse ao rapazinho (com um pouco de mau humor) que eu não sabia desenhar. Ele me respondeu:

– Não tem problema. Desenhe-me um carneiro...

Como eu jamais tinha desenhado um carneiro, refiz para ele um dos dois únicos desenhos de que era capaz. Aquele da jiboia fechada. E fiquei estupefato ao ouvir o rapazinho me responder:

– Não! Não! Eu não quero um elefante em uma jiboia. Jiboias são bastante perigosas e um elefante é muito desajeitado. Meu lar é muito pequeno. Eu preciso de um carneiro. Desenhe-me um carneiro.

Então eu desenhei.

Ele olhou com atenção e depois disse:

– Não! Este aí está muito doente. Faça outro.

Eu desenhei.

Meu amigo sorriu gentilmente, com indulgência.

– Veja bem... Isso não é um carneiro, é um bode. Ele tem chifres...

Portanto, de novo eu refiz meu desenho.

Mas ele foi recusado, como os anteriores.

– Este aí é velho demais. Eu quero um carneiro que viva muito tempo.

Então, já sem paciência, pois estava com pressa para começar a desmontar o meu motor, rabisquei este desenho aqui.

E disse:

– Esta é a caixa. O carneiro que você quer está dentro dela.

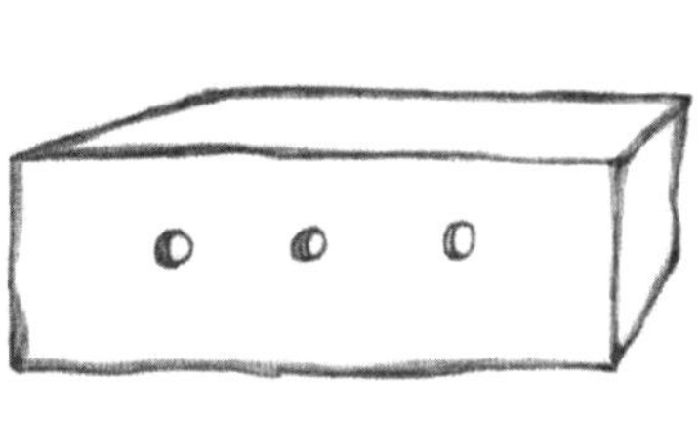

Mas fiquei bem surpreso ao ver o rosto de meu jovem juiz se iluminar.

– É exatamente assim que eu queria! Você acha que é preciso muita grama para este carneiro?

– Por quê?

– Porque onde moro é muito pequeno...

– Certamente será o bastante. Eu dei um carneiro bem pequeno para você.

Ele inclinou a cabeça para o desenho.

– Não tão pequeno assim... Veja! Ele dormiu...

E foi assim que eu conheci o pequeno príncipe.

# III

Precisei de um bom tempo para compreender de onde ele vinha. O pequeno príncipe, que me fazia muitas perguntas, não parecia jamais escutar as minhas. Foram palavras pronunciadas ao acaso que, pouco a pouco, me revelaram tudo. Assim, quando ele notou pela primeira vez meu avião (eu não desenharia meu avião, seria um desenho complicado demais para mim), ele me perguntou:

– Que coisa é essa aí?

– Isso não é uma coisa. Isso voa. É um avião. É meu avião.

E fiquei feliz de lhe explicar que eu voava. Então, ele exclamou:

– Como? Você caiu do céu!

– Sim – respondi modestamente.

– Ah! Isso é engraçado!

E o pequeno príncipe teve um belo ataque de riso que muito me irritou. Prefiro que levem minhas desgraças a sério. Em seguida, ele acrescentou:

– Então, você também vem do céu! De qual planeta você é?

Eu entrevi de repente uma luzinha no mistério de sua presença, e o interroguei bruscamente:

– Então você vem de outro planeta?

Mas ele não me respondeu. Balançou a cabeça docemente, olhando meu avião.

– É claro que, dentro disso, você não pode ter vindo de muito longe...

E ele foi tomado por um devaneio que durou bastante tempo. Depois, tirando meu carneiro de seu bolso, mergulhou na contemplação de seu tesouro.

Imaginem o quanto eu ficara intrigado diante desta semiconfidência sobre "os outros planetas". Eu me esforcei, portanto, para saber mais.

– De onde você vem, meu rapazinho? Onde é o "seu lar"? Para onde você quer levar meu carneiro?

Ele me respondeu depois de um silêncio meditativo:

– O bom da caixa que você me deu é que, de noite, ela servirá de casa para ele.

– É claro. E se você for gentil, eu darei para você também uma corda para o amarrar durante o dia. E uma estaca.

A oferta pareceu chocar o pequeno príncipe.

– Amarrá-lo? Que ideia estranha!

– Mas se você não o amarrar ele vai sair por aí e se perderá...

E meu amigo teve um novo ataque de riso.

– Mas para onde você quer que ele vá?

– Qualquer lugar... Se ele seguir em frente...

Então o pequeno príncipe comentou sério:

– Não faz mal, é tão pequeno onde moro! – E, talvez com um pouco de melancolia, acrescentou: – Se ele seguir em frente não poderá ir muito longe...

*O pequeno príncipe no asteroide B 612.*

# IV

Eu tinha também descoberto uma segunda coisa muito importante: que seu planeta de origem era, quando muito, maior que uma casa!

Isso não me espantava muito. Eu bem sabia que para além dos grandes planetas como a Terra, Júpiter, Marte, Vênus, aos quais se dá nomes, há centenas de outros que são, algumas vezes, tão pequenos que temos dificuldade de percebê-los no telescópio. Quando um astrônomo descobre um deles, dá um número como nome. Chama-o, por exemplo, de "asteroide 325".

Tenho sérias razões para crer que o planeta de onde vem o pequeno príncipe é o asteroide B 612. Este asteroide só foi avistado uma vez por telescópio, em 1909, por um astrônomo turco.

Ele fez então uma grande demonstração de sua descoberta num congresso internacional de astronomia. Mas ninguém acreditou nele por causa de suas roupas. As pessoas grandes são assim.

Felizmente para a reputação do asteroide B 612, um ditador turco impôs ao seu povo, sob pena de morte, que todos se vestissem como europeus. O astrônomo refez sua demonstração em 1920, com uma veste muito elegante. E desta vez todo o mundo aceitou sua descoberta.

Se eu lhes contei estes detalhes sobre o asteroide B 612 e se lhes confiei seu número, é por causa das pessoas grandes. Elas adoram números. Quando você lhes fala de um novo amigo, nunca questionam sobre o essencial. Elas nunca perguntam: “Qual é o som de sua voz? Quais são os jogos que ele prefere? Ele coleciona borboletas?”. Elas perguntam: “Qual a idade dele? Quantos irmãos ele tem? Quanto ele pesa? Quanto ganha o pai dele?”. Só então acham que o conhecem. Se você diz às pessoas grandes: "Eu vi uma bela casa de tijolos cor de rosa, com gerânios nas janelas e pombas no telhado...", elas não conseguem imaginar esta casa. É preciso lhes dizer: "Vi uma casa de cem mil francos". Então, elas exclamam: "Como ela é linda!".

Assim, se você diz: "A prova de que o pequeno príncipe existiu é que ele era encantador, que ele ria, e que queria um carneiro. Quando se quer um carneiro, é a prova de que se existe", elas darão de ombros e o tratarão como uma criança! Mas se você diz: "O planeta de onde ele veio é o asteroide B 612", então elas se convencerão, e o deixarão tranquilo com suas perguntas. Elas são assim. Não é preciso odiá-las. As crianças devem ser bastante indulgentes com as pessoas grandes.

Mas, é claro, nós que compreendemos a vida pouco ligamos para os números! Eu adoraria começar esta história à maneira dos contos de fadas. Eu adoraria dizer:

"Era uma vez um pequeno príncipe que morava em um planeta não muito maior do que ele, e que precisava de um amigo..." Para aqueles que compreendem a vida, isto teria soado muito mais verdadeiro.

Pois eu não gosto que leiam meu livro levianamente. Eu sinto tanta tristeza em contar estas lembranças. Já faz seis anos que meu amigo se foi com seu carneiro. Se eu tento descrevê-lo aqui, é para não o esquecer. É triste esquecer um amigo. Nem todo mundo teve um amigo. E eu posso me tornar como as pessoas grandes, que só se interessam por seus números. Portanto, é por isso também que eu comprei uma caixa de tintas e alguns lápis. É duro voltar a desenhar na minha idade, quando não houve outras tentativas além daquela jiboia fechada e daquela jiboia aberta, aos meus seis anos! Eu tentarei, é claro, fazer os retratos o mais semelhante possível. Mas não tenho muita certeza se vou conseguir. Um desenho vai ficar parecido, já outro, não. Eu me confundo um pouco também com o tamanho. Aqui o pequeno príncipe é grande demais. Lá é pequeno demais. Hesito também quanto à cor de suas roupas. Então, bem ou mal, eu tateio meio assim, meio assado. Eu me confundirei enfim com alguns detalhes mais importantes. Mas quanto a isso, é preciso me perdoar. Meu amigo nunca dava explicações. Talvez, acreditasse que eu era como ele. Mas *eu*, infelizmente, não sei ver carneiros através de caixas. Sou talvez um pouco como as pessoas grandes. Eu tive de envelhecer.

# V

A cada dia eu aprendia alguma coisa sobre o planeta, sobre a partida, sobre a viagem. As coisas vinham bem suavemente, ao acaso das reflexões. Foi assim que, no terceiro dia, eu conheci o drama dos baobás.

Também desta vez foi graças ao carneiro, pois bruscamente o pequeno príncipe me interrogou, como se tomado por uma grave dúvida:

– É verdade mesmo, não é, que os carneiros comem arbustos?

– Sim, é verdade.

– Ah! Fico contente!

Eu não entendi porque lhe importava tanto se os carneiros comiam arbustos. Mas o pequeno príncipe acrescentou:

– Logo eles comem os baobás também?

Eu expliquei ao pequeno príncipe que os baobás não são arbustos, mas sim árvores grandes como igrejas e que, mesmo se ele levasse consigo uma manada de elefantes, esta manada não daria conta de comer um único baobá.

A ideia de uma manada de elefantes fez o pequeno príncipe rir.

– Seria necessário colocá-los uns sobre os outros... –

Mas ele comentou com sabedoria: – Antes de crescer, os baobás nascem pequenos.

– Com certeza! Mas por que você quer que seu carneiro coma os pequenos baobás?

– Bem! Vejamos – ele me respondeu, como se se tratasse de algo evidente. E me foi preciso um grande esforço de inteligência para compreender por mim mesmo este problema.

E, de fato, no planeta do pequeno príncipe havia, como em todos os planetas, boas plantas e ervas daninhas. Por consequência, sementes de plantas boas e sementes de ervas daninhas. Mas as sementes são invisíveis. Elas dormem no segredo da terra até que em alguma delas surja a vontade de despertar. Então, ela se espreguiça e cresce, primeiro timidamente, em direção ao sol, um adorável e pequeno galhinho inofensivo. Quando se trata de um galhinho de rabanete ou de roseira, pode-se deixá-la crescer como quiser. Mas quando se trata de uma erva daninha, é preciso arrancar a planta logo, assim que a reconhecemos. Ora, havia sementes terríveis no planeta do pequeno príncipe... eram sementes de baobás. O solo do planeta estava infestado delas. Ora, se reconhecemos tarde demais um baobá não podemos mais nos livrar dele. Ele cobre todo o planeta. Ele o perfura com suas raízes. E se o planeta é pequeno demais, e se os baobás são numerosos demais, eles o fazem explodir.

– É uma questão de disciplina – me disse mais tarde o pequeno príncipe. – Quando a gente termina de se arrumar de manhã, é preciso arrumar cuidadosamente o planeta. É preciso se obrigar a arrancar os baobás regularmente, assim que a gente os distingue das roseiras, com as quais eles se parecem muito quando são muito jovens. É um trabalho muito entediante, mas bem fácil.

E um dia ele me aconselhou a me esforçar para fazer um belo desenho afim de conseguir fazer essa ideia entrar bem na cabeça das crianças de minha terra.

– Se elas viajarem um dia – disse-me ele –, isso poderá ser útil. Algumas vezes não é problema deixar para depois o trabalho. Mas, quando se trata dos baobás, é sempre uma catástrofe. Eu conheci um planeta habitado por um preguiçoso. Ele negligenciou três arbustos...

E, a partir das indicações do pequeno príncipe, eu desenhei aquele planeta. Não acho legal me passar por moralista. Mas o perigo dos baobás é tão pouco conhecido, e os riscos corridos por aquele que vai parar em um asteroide são tão consideráveis, que, daquela vez, fiz uma exceção à minha reserva. Eu digo: "Crianças! Prestem atenção nos baobás!". Foi para advertir meus amigos de um perigo no qual resvalam já há muito tempo sem conhecer, como eu mesmo, que tanto trabalhei para desenhá-lo aqui. A lição que eu dava valia a pena. Vocês talvez estejam se perguntando: por que não há, neste livro, outros desenhos tão grandiosos como o desenho dos baobás? A resposta é bem simples: eu tentei, mas não consegui. Quando desenhei os baobás, fui movido pelo sentimento de urgência.

*Os baobás.*

# VI

Ah, pequeno príncipe!

Assim entendi, aos poucos, sua vidinha melancólica. Por muito tempo, você não tivera outra distração além da doçura do pôr do sol. Eu soube deste novo detalhe na manhã do quarto dia, quando você me disse:

– Eu gosto muito de ver o sol se pôr. Vamos ver um pôr do sol.

– Mas é preciso esperar...

– Esperar o quê?

– Esperar que o sol se ponha.

Primeiro, você ficou com uma cara muito surpresa, e depois, você riu de si mesmo. E me disse:

– Eu sempre acho que estou em casa.

De fato. Quando é meio dia nos Estados Unidos, o sol, todo mundo sabe, se põe na França. Bastaria poder ir à França em um minuto para assistir ao sol se pôr. Infelizmente, a França é longe demais. Mas, em seu pequeno planeta, bastaria mover a cadeira alguns passos. E você olharia o crepúsculo cada vez que desejasse...

– Um dia, eu vi o sol se pôr quarenta e quatro vezes! – E um pouco depois acrescentou: – Você sabe... Quando estamos tristes demais, gostamos de ver o sol se pôr.

– No dia em que viu quarenta e quatro vezes, você estava tão triste assim?

Mas o pequeno príncipe não respondeu.

# VII

No quinto dia, ainda graças ao carneiro, o segredo da vida do pequeno príncipe me foi revelado. Ele me perguntou, bruscamente, sem preâmbulos, como fruto de um problema meditado em silêncio por muito tempo:

– Se um carneiro come arbustos, ele também come as flores?

– Um carneiro come tudo o que encontra.

– Até mesmo as flores que têm espinhos?

– Sim. Até as flores que têm espinhos.

– Então os espinhos servem para quê?

Eu não sabia. Eu estava então muito ocupado tentando afrouxar um parafuso apertado demais em meu motor. Eu estava muito preocupado, pois a pane começava a me parecer muito grave e a água potável se esgotava, fazendo com que eu temesse o pior.

– Os espinhos servem para quê?

O pequeno príncipe nunca deixava de lado uma pergunta, uma vez que a tivesse feito. Eu estava irritado com meu parafuso e respondi qualquer coisa:

– Os espinhos não servem para nada; são pura maldade das flores!

– Oh!

Mas, depois de um silêncio, ele me atacou com uma espécie de rancor:

– Eu não acredito em você! As flores são frágeis. Elas são ingênuas. Elas se tranquilizam como podem. Acham que são terríveis com seus espinhos...

Não respondi nada. Naquele instante, eu me dizia: "Se este parafuso continuar resistindo, eu o farei saltar com uma martelada". O pequeno príncipe perturbou de novo minhas reflexões:

– E *você* acha que as flores...

– Claro que não! Claro que não! Eu não acho nada! Eu respondi qualquer coisa. *Eu* estou ocupado com coisas sérias aqui!

Ele me olhou estupefato.

– Com coisas sérias!

Ele me olhava, com meu martelo na mão e os dedos pretos de graxa, inclinado sobre um objeto que lhe parecia muito feio.

– Você está falando como gente grande!

Isso me deixou um pouco envergonhado. Mas, implacável, ele acrescentou:

– Você confunde tudo... você mistura tudo!

Ele estava verdadeiramente muito irritado. Sacudiu ao vento seus cabelos dourados.

– Eu conheço um planeta, onde há um senhor cor de carmim. Ele nunca cheirou uma flor. Ele nunca viu uma estrela. Ele nunca amou ninguém. Ele nunca fez outra coisa além de contas. E durante o dia todo ele repete como você: "Eu sou um homem sério! Eu sou um homem sério!", e isso o faz inflar de orgulho. Mas isso não é um homem, é um cogumelo!

– Um o quê?

– Um cogumelo!

O pequeno príncipe estava agora completamente pálido de cólera.

– Já faz milhões de anos que as flores fabricam os espinhos. Ainda assim, já faz milhões de anos que os carneiros comem as flores. E não é uma coisa séria buscar entender por que elas se dão tanto ao trabalho de fabricar espinhos que não servem nunca para nada? Não é importante a guerra entre carneiros e flores? Isso não é mais sério do que as contas de um senhor vermelho e gordo? E se *eu* conheço uma flor única no mundo, que não existe em nenhum outro lugar, salvo em meu planeta, a qual um pequeno carneiro pode aniquilar com uma só mordida, assim, em uma manhã, sem se dar conta do que faz, isso não é importante!

Ele corou, depois retomou:

– Se alguém ama uma flor da qual só existe um exemplar em milhões e milhões de estrelas, isso basta para que seja feliz quando as olha. Ele diz a si mesmo: "Minha flor está aí em algum lugar..." Mas, se o carneiro come a flor, é para ele como se, bruscamente, todas as estrelas do mundo se apagassem! E isso não é importante!

Ele não pôde dizer mais nada. Bruscamente, explodiu em soluços. A noite tinha caído. Eu largara minhas ferramentas. Eu estava pouco ligando para meu martelo, para meu parafuso, para a sede e para a morte. Havia, em uma estrela, em um planeta, no meu, na Terra, um príncipe a consolar! Eu o peguei nos braços. Eu o embalei. Disse:

– A flor que você ama não está em perigo... Eu vou desenhar uma focinheira para seu carneiro... Eu desenharei uma proteção para sua flor... Eu...

Eu não sabia mais o que dizer. Eu me sentia muito desconfortável. Eu não sabia como chegar até ele, onde buscá-lo... É misterioso demais o país das lágrimas!

# VIII

Bem rapidamente, consegui conhecer melhor aquela flor. Sempre havia existido, no planeta do pequeno príncipe, flores muito simples, enfeitadas com uma única fileira de pétalas, que não ocupavam espaço e não incomodavam ninguém. Apareciam na grama pela manhã e de noite murchavam. Mas aquela havia germinado um dia, de uma semente trazida não se sabe de onde, e o pequeno príncipe vigiou bem de perto aquele brotinho que não se parecia com os outros brotinhos. Podia ser um novo tipo de baobá. Mas o arbusto logo parou de crescer e começou a preparar uma flor. O pequeno príncipe, assistindo ao nascimento de um enorme botão, bem sentia que dele sairia uma aparição miraculosa, mas a flor não terminava de se preparar para ser bela, segura em seu quarto verde. Ela escolhia com cuidado suas cores. Vestia-se lentamente, ajustando uma a uma suas pétalas. Ela não queria sair amarrotada como as papoulas. Ela só queria aparecer radiante em sua plena beleza. Ah, sim, ela era muito vaidosa! Sua misteriosa preparação, portanto, durou dias e dias. E depois, eis que em uma manhã, justamente na hora do nascer do sol, ela se mostrou.

E ela, que tinha trabalhado com tanto capricho, disse, bocejando:

– Ah! Acabei de acordar... Peço-lhe perdão... Ainda estou toda despenteada...

O pequeno príncipe, então, não pôde conter sua admiração.

– Como a senhora é linda!

– Não sou? – respondeu suavemente a flor. – E nasci ao mesmo tempo que o sol...

O pequeno príncipe percebeu logo que ela não era lá muito modesta, mas era tão encantadora!

– Acho que está na hora do café da manhã – logo ela acrescentou. – Tenha a bondade, senhor, de pensar em mim...

E o pequeno príncipe, todo confuso, buscando um regador com água fresca, serviu a flor.

Assim, logo ela o atormentou bastante com sua vaidade um pouco caprichosa. Um dia, por exemplo, falando de seus quatro espinhos, ela disse ao pequeno príncipe:

– Os tigres podem vir com suas garras!

– Não há tigres em meu planeta – objetou o príncipe –, além disso, os tigres não comem grama.

– Eu não sou grama – respondeu a flor docemente.

– Perdoe-me...

– Eu não temo os tigres nem um pouco, mas tenho horror a correntes de ar. O senhor teria algo para deter o vento?

– Horror a correntes de ar... Isso não é bom para uma planta – comentou o pequeno príncipe. – Esta flor é bem complicada...

– De noite, o senhor me colocará sob uma redoma. Faz muito frio em seu planeta. Fica desconfortável. Lá de onde venho...

Mas ela se interrompeu. Tinha vindo na forma de semente. Não conhecera nada dos outros mundos. Humilhada por se deixar surpreender preparando uma mentira tão ingênua, tossiu duas ou três vezes, para fazer o pequeno príncipe se sentir culpado.

– E o paravento?

– Eu ia buscá-lo, mas a senhora estava falando!

Então, ela forçou a tosse ainda assim para lhe infligir remorso.

Assim, o pequeno príncipe, apesar da boa vontade de seu amor, logo passou a duvidar da flor. Levara a sério palavras sem importância, e tornou-se muito infeliz.

– Eu não deveria tê-la escutado – confidenciou-me um dia. — Nunca se deve escutar as flores. Deve-se apenas olhá-las e cheirá-las. A minha perfumava meu planeta, mas eu não conseguia mais me alegrar com isso. Aquela história de garras que tanto me aborreceu deveria ter me comovido...

E me confidenciou ainda:

– Então, eu não soube compreendê-la! Eu deveria tê-la julgado por seus atos e não por suas palavras. Ela me perfumava e me alegrava. Eu nunca deveria ter fugido! Eu deveria ter percebido seu carinho por baixo dos seus pobres truques. As flores são tão contraditórias! Mas eu era jovem demais para saber amá-la.

# IX

Creio que ele aproveitou uma migração de pássaros selvagens em sua fuga. Na manhã de sua partida, deixou o planeta todo em ordem. Limpou cuidadosamente seus vulcões em atividade. Ele possuía dois vulcões em atividade. E eram bem cômodos para esquentar o café da manhã. Possuía também um vulcão extinto. Mas, como ele dizia: "A gente nunca sabe!". Portanto, limpou igualmente o vulcão extinto. Se estão bem limpos, os vulcões ardem suave e regularmente, sem erupções. As erupções vulcânicas são como o fogo das lareiras. Evidentemente, em nossa terra, somos pequenos demais para limpar nossos vulcões. É por isso que nos causam um monte de problemas.

O pequeno príncipe arrancou também, com um pouco de melancolia, os últimos brotos de baobás. Ele acreditava que jamais deveria voltar. Mas todos os seus trabalhos cotidianos lhe pareceram, naquela manhã, extremamente agradáveis. E, quando regou uma última vez a flor e se preparou para colocá-la sob o abrigo da cúpula, ele se viu com vontade de chorar.

– Adeus – disse ele à flor.

Mas ela não respondeu.

– Adeus – repetiu ele.

A flor tossiu. Mas não foi por causa de seu resfriado.

– Eu fui estúpida – disse ela enfim. – Peço perdão a você. Trate de ser feliz.

Ele ficou surpreso com a ausência de reprovações. Lá ficou todo desconcertado, a cúpula no ar. Não compreendia essa doçura calma.

– Mas, sim, eu amo você – disse a flor. – Você não sabia de nada por minha culpa. Isso não tem nenhuma importância. Mas você é tão tonto quanto eu. Trate de ser feliz... Deixe a cúpula para lá. Eu não preciso mais dela.

– Mas o vento...

– Eu não estou tão resfriada assim... O ar fresco da noite me fará bem. Eu sou uma flor.

– Mas os bichos...

*Ele limpou cuidadosamente seus vulcões em atividade.*

– Eu preciso suportar duas ou três lagartas se quero conhecer as borboletas. Parece que são tão bonitas... Senão, quem virá me visitar? *Você* estará longe. Quanto aos bichos grandes, eu nada temo. Eu tenho minhas garras.

E ela mostrou ingenuamente seus quatro espinhos. Depois acrescentou:

– Não fique enrolando assim, é irritante. Você decidiu partir. Então vá.

Pois ela não queria que ele a visse chorar. Era uma flor tão orgulhosa...

# X

Ele se encontrava na região dos asteroides 325, 326, 327, 328, 329 e 330. Portanto, começou visitando-os, para encontrar uma ocupação e se instruir.

O primeiro era habitado por um rei. O rei estava sentado num trono muito simples e, no entanto, majestoso, vestido de púrpura e pele de arminho.

– Ah! Eis um súdito! – exclamou o rei quando avistou o pequeno príncipe.

E o pequeno príncipe se perguntou: "Como ele pode me reconhecer se nunca tinha me visto?!"

Ele não sabia que, para os reis, o mundo é muito simplificado. Todos os homens são súditos.

– Aproxime-se para eu ver você melhor – disse o rei, que estava todo orgulhoso de ser, enfim, rei para alguém.

O pequeno príncipe procurou com os olhos onde se sentar, mas o planeta estava todo encoberto pelo magnífico manto de pele de arminho. Portanto, permaneceu de pé e, como estava cansado, bocejou.

– É contra a etiqueta bocejar na presença de um rei – disse o monarca. – Eu o proíbo.

– Eu não posso evitar – respondeu o pequeno príncipe todo confuso. – Eu fiz uma longa viagem e não dormi...

– Então – disse o rei. – Eu ordeno que boceje. Há anos eu não vejo ninguém bocejar. Os bocejos são para mim uma curiosidade. Vamos! Boceje outra vez. É uma ordem.

– Isso me intimida... Eu não consigo mais... – falou o pequeno príncipe, ficando todo corado.

– Hum... Hum... – respondeu o rei. – Então eu... Eu ordeno que ora você boceje e ora...

Ele gaguejou e pareceu irritado.

Pois o rei julgava essencial que sua autoridade fosse respeitada. Não tolerava a desobediência. Era um monarca absoluto. Mas, como era muito bondoso, dava ordens razoáveis.

– Se eu ordenasse – dizia constantemente. – Se eu ordenasse a um general que se transformasse em um pás-

saro marinho, e se o general não obedecesse, não seria culpa do general. Seria culpa minha.

– Posso me sentar? – questionou timidamente o pequeno príncipe.

– Eu ordeno que você se sente – respondeu o rei, puxando majestosamente uma aba de seu manto de pele de arminho.

Mas o pequeno príncipe estava espantado. O planeta era minúsculo. Sobre quem o rei poderia reinar?

– Majestade – disse ele –, eu peço licença para fazer perguntas ao senhor...

– Eu ordeno que me faça perguntas – o rei se apressou a dizer.

– Majestade... sobre quem o senhor reina?

– Sobre tudo – respondeu o rei, com uma grande simplicidade.

– Sobre tudo?

O rei com um gesto discreto indicou seu planeta, os outros planetas e as estrelas.

– Sobre tudo isso? – disse o pequeno príncipe.

– Sobre tudo isso... – respondeu o rei.

Pois não somente era um monarca absoluto, mas era um monarca universal.

– E as estrelas o obedecem?

– Mas é claro – disse o rei. – Elas me obedecem na mesma hora. Não tolero a indisciplina.

Um tal poder maravilhou o pequeno príncipe. Se ele mesmo o possuísse, teria podido assistir não quarenta e quatro, mas setenta e duas, ou mesmo cem, ou mesmo duzentas vezes o sol se pôr no mesmo dia, sem nunca ter de mudar a cadeira de lugar! E como ficou um pouco triste por causa da lembrança de seu pequeno planeta abandonado, ousou solicitar uma graça ao rei:

– Eu gostaria de ver o pôr do sol... Dê-me este prazer, senhor... Ordene ao sol que se ponha...

– Se eu ordenasse a um general que voasse de uma flor a outra como as borboletas, ou que escrevesse uma tragédia ou que se transformasse em um pássaro marinho, e se o general não executasse a ordem recebida, quem estaria errado, ele ou eu?

– Seria o senhor – disse firmemente o pequeno príncipe.

– Exato. É preciso exigir de cada um o que cada um pode dar – retomou o rei. – A autoridade repousa, primeiro, na razão. Se você ordenasse que seu povo se atirasse no mar, ele faria uma revolução. Eu tenho o direito de exigir a obediência, porque minhas ordens são razoáveis.

– Então, e meu pôr do sol? – recordou o pequeno príncipe, que nunca esquecia uma pergunta uma vez que a tivesse feito.

– Seu pôr do sol, você o terá. Eu o exigirei. Mas eu esperarei, em minha ciência de governo, que as condições sejam favoráveis.

– Quando será isso? – quis saber o pequeno príncipe.

– Hein? Hein? – respondeu o rei, que consultou primeiro um grande calendário. – Hein? Hein? Será lá pelas... lá pelas... será esta noite, lá pelas sete horas e quarenta! E você verá como me obedecem direito.

O pequeno príncipe bocejou. Lamentava a falta de seu pôr do sol. E depois, já estava ficando um pouco entediado.

– Eu não tenho mais nada para fazer aqui – disse ao rei. – Eu vou partir!

– Não parta – respondeu o rei que estava tão orgulhoso de ter um súdito. – Não parta, eu o nomeio ministro!

– Ministro de quê?

– Da... da justiça!

– Mas não há ninguém para julgar!

– Nunca se sabe – disse o rei. – Eu ainda não dei a volta em meu reino. Eu sou muito velho, não tenho espaço para uma carruagem, e me cansa andar.

– Oh! Mas eu já vi – disse o pequeno príncipe, se inclinando para dar mais uma olhada no outro lado do planeta. – Não há mais ninguém ali...

– Você julgará a si mesmo, então – o rei respondeu. – É o mais difícil. É tão difícil julgar a si mesmo quanto julgar os outros. Se você consegue se julgar bem, é que você é um verdadeiro sábio.

– *Eu* – disse o pequeno príncipe – posso me julgar em qualquer lugar. Não preciso morar aqui.

– Hein? Hein? – disse o rei. – Eu acredito que em meu planeta há um velho rato em algum lugar. Eu o escuto à noite. Você poderia julgar este velho rato. Você o condenaria à morte de tempos em tempos. Assim, a vida dele dependeria de sua justiça. Mas você o perdoaria todas as vezes, para economizá-lo. Há apenas um.

– *Eu* – respondeu o pequeno príncipe – não gosto de condenar à morte e acho que já vou indo.

– Não – disse o rei.

Mas o pequeno príncipe, tendo acabado seus preparativos, não queria fazer o velho monarca sofrer.

– Se Sua Majestade desejasse ser obedecida pontualmente, poderia me dar uma ordem razoável. Poderia me ordenar, por exemplo, de partir em um minuto. Parece-me que as condições são favoráveis...

Como o rei não respondeu, primeiro o pequeno príncipe hesitou, depois, com um suspiro, preparou-se para partir...

– Eu o nomeio meu embaixador – apressou-se a gritar o rei.

Ele tinha um grande ar de autoridade.

"As pessoas grandes são bem estranhas", disse o pequeno príncipe para si mesmo durante sua viagem.

# XI

O segundo planeta era habitado por um homem vaidoso.

– Ah! Ah! Eis um admirador para me visitar – exclamou de longe o vaidoso, assim que notou o pequeno príncipe.

Pois, para os vaidosos, os outros homens são admiradores.

– Bom dia – disse o pequeno príncipe. – O senhor tem um chapéu engraçado.

– É para saudar – respondeu o homem vaidoso. – É para saudar quando me aclamam. Infelizmente, nunca passa ninguém por aqui.

– Ah, é? – disse o pequeno príncipe que não entendeu.

– Bata uma mão contra a outra – aconselhou então o vaidoso.

O pequeno príncipe bateu suas mãos uma contra a outra. O vaidoso saudou modestamente levantando seu chapéu.

"Isso é mais divertido do que visitar o rei", disse o pequeno príncipe a si mesmo. E recomeçou a bater suas mãos uma contra a outra. O vaidoso recomeçou a saudar levantando seu chapéu.

Depois de cinco minutos de exercício, o pequeno príncipe se cansou da monotonia do jogo.

– E para que o chapéu caia o que é preciso fazer? – perguntou.

Mas o vaidoso não o escutou. Os vaidosos nunca escutam nada além de elogios.

– Você me admira muito mesmo? – perguntou ao pequeno príncipe.

– O que significa "admirar"?

– "Admirar" significa reconhecer que eu sou o homem mais belo, o mais habilidoso, o mais rico e o mais inteligente do planeta.

– Mas você é o único no planeta!

– Dê-me este prazer. Admire-me mesmo assim!

– Eu o admiro – disse o pequeno príncipe, dando um pouco de ombros. – Mas por que isso interessa tanto a você?

E o pequeno príncipe se foi.

"As pessoas grandes são decididamente bem bizarras", disse ele simplesmente a si mesmo durante sua viagem.

# XII

O planeta seguinte era habitado por um alcóolatra. Esta visita foi muito curta, mas mergulhou o pequeno príncipe em profunda melancolia.

– O que você faz aí? – perguntou ao alcóolatra, que estava em silêncio instalado diante de uma coleção de garrafas vazias e uma coleção de garrafas cheias.

– Eu bebo – respondeu o alcóolatra, com um ar lúgubre.

– Por que você bebe? – perguntou o pequeno príncipe.

– Para esquecer – respondeu o alcóolatra.

– Para esquecer o quê? – inquiriu o pequeno príncipe, já ficando com pena.

– Para esquecer que eu tenho vergonha – confessou o alcóolatra baixando a cabeça.

– Vergonha de quê? – quis saber o pequeno príncipe, desejando ajudá-lo.

– Vergonha de beber! – concluiu o alcóolatra, que se fechou definitivamente no silêncio.

E o pequeno príncipe se foi, perplexo.

"As pessoas grandes são decididamente muito, muito bizarras", dizia ele para si mesmo durante a viagem.

# XIII

O quarto planeta era aquele do empresário. Este homem era tão ocupado que nem mesmo levantou a cabeça à chegada do pequeno príncipe.

– Bom dia – este lhe disse. – O cigarro do senhor está apagado.

– Três mais dois dão cinco. Cinco e sete, doze. Doze e três, quinze. Bom dia. Quinze e sete, vinte e dois. Vinte e dois e seis, vinte e oito. Sem tempo de reacender. Vinte e seis e cinco, trinta e um. Ufa! São, portanto, quinhentos e um milhões, seiscentos e vinte dois mil, setecentos e trinta e um.

– Quinhentos milhões de quê?

– Hã? Você ainda está aí? Quinhentos e um milhões de... Não sei mais... Eu trabalhei tanto! Sou um homem sério, eu não me distraio com bobagens! Dois e cinco, sete...

– Quinhentos e um milhões de quê? – repetiu o pequeno príncipe, que jamais em sua vida deixava de lado uma pergunta, uma vez que a tivesse feito.

O empresário levantou a cabeça.

– Nos cinquenta e quatro anos que moro neste planeta, só fui perturbado três vezes. A primeira vez foi há vinte anos, quando um besouro caiu de deus sabe onde.

Emitia um barulho horroroso, e cometi quatro erros em uma conta. A segunda vez, há onze anos, foi por uma crise de reumatismo. Preciso me exercitar. Não tenho tempo de passear. *Eu* sou um homem sério. A terceira vez... foi esta! Eu dizia, portanto, quinhentos e um milhões...

– Milhões de quê?

O empresário entendeu que não havia esperança de paz.

– Milhões destas pequenas coisas que a gente vê às vezes no céu.

– Moscas?

– Claro que não. Estas pequenas coisas que brilham.

– Abelhas?

– Claro que não. Estas pequenas coisas douradas que fazem os desocupados ficarem divagando. Mas *eu* sou um homem sério! Não tenho tempo para divagar.

– Ah! As estrelas?

– É isso mesmo. As estrelas.

– E o que você faz com quinhentos milhões de estrelas?

– Quinhentas e um milhões, seiscentos e vinte e dois mil, setecentas e trinta e uma. *Eu* sou um homem sério e sou um homem preciso.

– E o que você faz com estas estrelas?

– O que eu faço com elas?

– Sim.

– Nada. Eu as possuo.

– Você possui estrelas?

– Sim.

– Mas eu já vi um rei que...

– Os reis não possuem. Eles "reinam" sobre. É muito diferente.

– E para que lhe serve possuir estrelas?

– Serve para me deixar rico.

– E para que serve ser rico?

– Para comprar outras estrelas, se alguém as achar.

"Este aí", disse o pequeno príncipe para si mesmo, "argumenta um pouco como meu bêbado".

Entretanto, ainda fez algumas perguntas:

– Como você pode possuir as estrelas?

– De quem elas são? – retrucou, irritado, o empresário.

– Eu não sei. De ninguém.

– Então, elas são minhas, pois eu pensei nisso primeiro.

– Isso basta?

– Mas é claro. Quando você acha um diamante que não é de ninguém, ele é seu. Quando você acha uma ilha que não é de ninguém, ela é sua. Quando você tem uma ideia primeiro, você a patenteia: ela é sua. E *eu* tenho as estrelas, já que nunca ninguém antes de mim sonhou em possuí-las.

– Isso é verdade – disse o pequeno príncipe. – E o que você faz com elas?

– Eu as gerencio. Eu as conto e as reconto – disse o empresário. – É difícil. Mas eu sou um homem sério!

O pequeno príncipe ainda não estava satisfeito.

– Se *eu* possuo um cachecol, posso colocá-lo em volta de meu pescoço e levá-lo comigo. Se *eu* possuo uma flor, posso colher minha flor e levá-la comigo. Mas você não pode colher as estrelas!

– Não, mas eu posso colocá-las no banco.

– O que isso quer dizer?

– Isso quer dizer que eu escrevo em um pequeno papel a quantidade de minhas estrelas. E depois eu tranco à chave este papel em uma gaveta.

– Só isso?

– Isso basta.

"É divertido", pensou o pequeno príncipe. "É bastante poético. Mas não é algo muito sério".

O pequeno príncipe tinha ideias muito diferentes das ideias das pessoas grandes sobre as coisas sérias.

– *Eu* – ele ainda disse – possuo uma flor que rego todos os dias. Eu tenho três vulcões que limpo todas as semanas. Pois eu limpo também aquele que está extinto. A gente nunca sabe. É útil a meus vulcões e é útil para minha flor que eu os tenha. Mas você não é útil às estrelas...

O empresário abriu a boca, mas não encontrou nada para responder, e o pequeno príncipe se foi.

"As pessoas grandes são total e decididamente extraordinárias", dizia ele simplesmente para si mesmo durante a viagem.

# XIV

O quinto planeta era muito curioso. Era o menor de todos. Lá só havia lugar o bastante para alocar um poste de iluminação e um acendedor de postes. O pequeno príncipe não conseguia entender para que poderia servir, naquele lugar do céu, em um planeta sem nenhuma casa nem população, um poste e um acendedor de postes. Entretanto, ele disse a si mesmo:

"Talvez este homem seja mesmo absurdo. Entretanto, ele é menos absurdo que o rei, que o homem vaidoso, que o empresário e que o alcóolatra. Ao menos, seu trabalho tem um sentido. Quando ele ilumina seu poste, é como se fizesse nascer uma estrela a mais, ou uma flor. Quando ele apaga o poste, isso adormece a flor ou a estrela. É uma ocupação muito bonita. É verdadeiramente útil, já que é bonita".

Quando alcançou o planeta, saudou respeitosamente o acendedor.

– Bom dia. Por que você acende seu poste?

– É a regra – respondeu o acendedor. – Bom dia.

– Qual é a regra?

– Acender meu poste. Boa noite.

E ele o reacendeu.

– Mas por que você o reacende?

– É a regra – respondeu o acendedor.

– Eu não compreendo – disse o pequeno príncipe.

– Não há nada para compreender – disse o acendedor. – Regras são regras. Bom dia.

E ele apagou seu poste.

Depois, ele secou a testa com um lenço de quadrados vermelhos.

– Eu tenho um trabalho terrível. Era razoável antigamente. Eu apagava de manhã e acendia de noite. Eu tinha o resto do dia para descansar e o resto da noite para dormir...

– E depois dessa época a regra mudou?

– A regra não mudou – disse o acendedor. – Aí está o drama! O planeta de ano em ano passou a girar mais e mais rápido, e a regra não mudou!

*Eu tenho um trabalho terrível.*

– Então? – disse o pequeno príncipe.

– Então agora que ele dá uma volta por minuto, eu não tenho mais um segundo de descanso. Eu acendo e apago uma vez por minuto!

– Que engraçado! Os dias para você duram um minuto!

– Isso não tem nada de engraçado – disse o acendedor. – Já faz um mês que nós estamos conversando.

– Um mês?

– Sim. Trinta minutos. Trinta dias! Boa noite.

E ele reacendeu seu poste.

O pequeno príncipe o olhou e amou aquele acendedor que era tão fiel à regra. Lembrou-se dos pores do sol que ele mesmo buscava antigamente movendo a cadeira. Ele quis ajudar seu amigo.

– Veja... eu conheço um meio de você descansar quando quiser...

– Eu quero sempre – disse o acendedor.

Pois a gente pode ser, ao mesmo tempo, fiel e preguiçoso.

O pequeno príncipe continuou:

– Seu planeta é tão pequeno que você pode lhe dar a volta em três passadas. Você só precisa andar devagar o bastante para ficar sempre no sol. Quando quiser descansar, você andará... e o dia durará tanto tempo quanto quiser.

– Isso não me ajuda lá muita coisa – disse o acendedor. – O que eu gosto mesmo na vida é de dormir.

– Isso é que é azar – disse o pequeno príncipe.

– Isso é que é azar – disse o acendedor. – Bom dia.

E ele apagou seu poste.

"Este aí", disse a si mesmo o pequeno príncipe, enquanto prosseguia sua viagem para mais longe, "este aí seria desprezado por todos os outros, pelo rei, pelo homem vaidoso, pelo alcóolatra, pelo empresário. Entretanto, é o único que não me parece ridículo. Talvez, porque ele se dedique a outra coisa além de si mesmo".

Ele deu um suspiro de pesar e ainda disse para si:

"Este aqui é o único que poderia ser meu amigo. Mas seu planeta é verdadeiramente pequeno demais. Não há espaço para dois..."

O que o pequeno príncipe não ousou confessar para si é que sentiria falta daquele planeta abençoado, sobretudo, por seus mil, quatrocentos e quarenta pores do sol a cada vinte e quatro horas!

# XV

O sexto planeta era um planeta dez vezes mais vasto. Ele era habitado por um velho senhor que escrevia enormes livros.

– Ora, ora! Eis um explorador! – exclamou ele, quando notou o pequeno príncipe.

O pequeno príncipe se sentou à mesa e tomou um pouco de fôlego. Ele já tinha viajado tanto!

– De onde você vem? – disse o velho senhor.

– Que livro grande é esse? – disse o pequeno príncipe. – O que o senhor faz aqui?

– Eu sou geógrafo – disse o velho senhor.

– O que é um geógrafo?

– É um sábio que conhece a localização dos mares, dos rios, das cidades, das montanhas e dos desertos.

– Isso é bem interessante – disse o pequeno príncipe. – Enfim, um trabalho de verdade! – E ele deu uma olhada ao redor pelo planeta do geógrafo. Ele nunca havia visto um planeta tão majestoso.

– O planeta do senhor é bem bonito. Ele tem oceanos?

– Eu não tenho como saber – disse o geógrafo.

– Ah! (O pequeno príncipe estava decepcionado). E montanhas?

– Eu não tenho como saber – disse o geógrafo.

– E vilas e rios e desertos?

– Eu também não tenho como saber isso – disse o geógrafo.

– Mas o senhor é geógrafo!

– Está certo – disse o geógrafo –, mas não sou explorador. Não tenho absolutamente nenhum explorador. Não é o geógrafo que vai contar as vilas, os rios, as montanhas, os mares, os oceanos e os desertos. O geógrafo é importante demais para passear por aí. Ele não deixa seu escritório. Mas recebe exploradores nele. Ele os interroga e toma nota de suas lembranças. E se as lembranças de um dentre eles parecem interessantes, o geógrafo investiga a ética do explorador.

– Por que isso?

– Porque um explorador mentiroso causaria catástrofes nos livros de geografia. E também um explorador que bebesse demais.

– Por quê? – falou o pequeno príncipe.

– Porque os bêbados veem dobrado. Então o geógrafo anotaria duas montanhas onde só há uma.

– Eu conheço uma pessoa – disse o pequeno príncipe – que seria um mau explorador.

– É possível. Então, quando a ética do explorador parece boa, é feita uma pesquisa sobre sua descoberta.

– Vão vê-la?

– Não. É complicado demais. Mas exige-se do explorador que forneça provas. Quando se trata, por exemplo, da descoberta de uma grande montanha, exige-se que ele traga grandes pedras.

O geógrafo de repente se emocionou.

– Mas *você* vem de longe! Você é um explorador! Você vai me descrever seu planeta!

E o geógrafo, abrindo seu livro de registros, apontou seu lápis. Anota-se primeiro a lápis as narrativas dos exploradores. Espera-se, para anotar à tinta, que o explorador tenha fornecido provas.

– Então? – interrogou o geógrafo.

– Oh! Meu lar – disse o pequeno príncipe – não é muito interessante, é bem pequeno. Ele tem três vulcões. Dois vulcões em atividade, e um vulcão extinto. Mas a gente nunca sabe.

– A gente nunca sabe – disse o geógrafo.

– Eu tenho também uma flor.

– Nós não anotamos as flores – disse o geógrafo.

– Por quê?! É a coisa mais linda!

– Porque as flores são efêmeras.

– O que significa "efêmero"?

– As geografias – disse o geógrafo – são os livros mais sérios dentre todos os livros. Elas nunca ficam desatualizadas. É muito raro que uma montanha mude de lugar. É muito raro que um oceano perca sua água. Nós escrevemos sobre coisas eternas.

– Mas os vulcões extintos podem acordar – interrompeu o pequeno príncipe. – O que significa "efêmero"?

– Dá no mesmo para nós os vulcões estarem extintos ou acordados – disse o geógrafo. – O que conta para nós, é a montanha. Ela não muda.

– Mas o que significa "efêmero"? – repetiu o pequeno príncipe, que nunca na vida deixava de lado uma pergunta, uma vez que a tivesse feito.

– Significa "que está ameaçado de desaparecimento iminente".

– Minha flor está ameaçada de desaparecimento iminente?

– Mas é claro.

"Minha flor é efêmera", disse o pequeno príncipe a si mesmo, "e ela só tem quatro espinhos para se defender contra o mundo! E eu a deixei sozinha em minha casa!"

Este foi seu primeiro sentimento de remorso. Mas ele retomou a coragem.

– Que lugar o senhor me aconselha visitar? – perguntou ele.

– O planeta Terra – respondeu o geógrafo. – Ele tem uma boa reputação...

E o pequeno príncipe se foi, sonhando com sua flor.

# XVI

O sétimo planeta foi, portanto, a Terra.

A Terra não é um planeta qualquer! Conta-se nela cento e onze reis (sem esquecer, é claro, os reis negros), sete mil geógrafos, novecentos mil empresários, sete milhões e meio de bêbados, trezentos e onze milhões de pessoas vaidosas, isto é, por volta de dois bilhões de pessoas grandes.

Para lhes dar uma ideia das dimensões da Terra, eu lhes direi que antes da invenção da eletricidade, era preciso manter, no conjunto dos seis continentes, um verdadeiro exército de quatrocentos e sessenta e dois mil, quinhentos e onze acendedores de poste.

Visto um pouco de longe, isso causava um efeito esplêndido. Os movimentos deste exército eram regrados como aqueles de um balé de ópera. Primeiro, vinha o turno dos acendedores de poste da Nova Zelândia e da Austrália. Depois estes, acendendo seus lampiões, iam dormir. Então, entravam em seu turno nesta dança os acendedores de poste da China e da Sibéria. Depois eles também se recolhiam para as coxias. Então vinha o turno dos acendedores de postes da Rússia e das Índias. Depois daqueles da África e da Europa. Depois daqueles da América do Sul. Depois daqueles da América do Norte. E eles nunca se enganavam sobre a ordem de entrada em cena. Era grandioso.

Sozinhos, o acendedor do único poste do polo Norte e seu colega do único poste do polo Sul levavam vidas de ociosidade e preguiça: eles trabalhavam duas vezes por ano.

# XVII

Quando se quer ser espirituoso, a gente mente um pouco. Eu não fui muito honesto ao lhes falar dos acendedores de postes. Corro o risco de dar uma falsa ideia de nosso planeta àqueles que não o conhecem. Os homens ocupam muito pouco espaço na Terra. Se os dois bilhões de habitantes que povoam a Terra ficassem de pé um pouco comprimidos, como em um comício, eles se alojariam facilmente em uma praça pública de vinte milhas de comprimento por vinte de largura. Poderíamos amontoar a humanidade sobre a menor das pequenas ilhotas do Pacífico.

As pessoas grandes, é claro, não acreditariam em vocês. Elas se imaginam ocupando muito espaço. Elas se acham importantes como os baobás. Vocês lhes aconselhariam então a fazer o cálculo. Elas adoram números:

isso as agradará. Mas não percam seu tempo com este exercício. É inútil. Confiem em mim.

Uma vez na Terra, o pequeno príncipe ficou então bem surpreso de não ver ninguém. Ele já estava com medo de ter se enganado de planeta, quando um anel da cor da lua se remexeu na areia.

– Boa noite – falou o pequeno príncipe totalmente ao acaso.

– Boa noite – falou a serpente.

– Em qual planeta eu caí? – perguntou o pequeno príncipe.

– Na Terra, na África – respondeu a serpente.

– Ah!... Então não há ninguém na Terra?

– Aqui é o deserto. Não há ninguém nos desertos. A Terra é grande – disse a serpente.

O pequeno príncipe se sentou sobre uma pedra e levantou os olhos para o céu.

– Eu me pergunto – disse ele – se as estrelas são iluminadas para que cada um possa um dia reencontrar a sua. Veja meu planeta. Ele está bem acima de nós... Mas como está longe!

– Ele é bonito – disse a serpente. – O que você veio fazer aqui?

– Eu estou com dificuldades com uma flor – disse o pequeno príncipe.

– Ah! – falou a serpente.

E eles se calaram.

– Onde estão os homens? – retomou enfim o pequeno príncipe. – A gente fica meio sozinho no deserto...

– A gente fica sozinho também em meio aos homens – disse a serpente.

O pequeno príncipe a olhou por um longo tempo.

– Você é um bicho engraçado – disse afinal. – Fino como um dedo...

– Mas eu sou mais poderoso do que o dedo de um rei – disse a serpente.

O pequeno príncipe deu um sorriso.

– Você não é tão poderosa... você nem mesmo tem patas... você nem pode viajar...

– Eu posso levá-lo para mais longe do que um navio – disse a serpente.

Ela se enrolou ao redor do tornozelo do pequeno príncipe como um bracelete de ouro.

– Aqueles em que toco, devolvo à terra de onde vieram – acrescentou. – Mas você é puro e vem de uma estrela...

*"Você é um bicho engraçado – disse afinal. – Fino como um dedo..."*

O pequeno príncipe nada respondeu.

– *Você* me dá pena, tão fraquinho, nesta Terra de granito. Eu posso ajudá-lo um dia, se sentir saudade demais de seu planeta. Eu posso...

– Oh! Eu já entendi muito bem – falou o pequeno príncipe –, mas por que você sempre fala por meio de enigmas?

– Eu os resolvo todos – disse a serpente.

E eles se calaram.

# XVIII

O pequeno príncipe atravessou o deserto e encontrou somente uma flor. Uma flor de três pétalas, uma florzinha de nada...

– Bom dia – disse o pequeno príncipe.

– Bom dia – disse a flor.

– Onde estão os homens? – perguntou educadamente o pequeno príncipe.

Um dia a flor vira uma caravana passar.

– Os homens? Existem seis ou sete deles, eu acho. Eu os avistei há alguns anos. Mas nunca se sabe onde achá-los. O vento os carrega. Falta-lhes raízes, isso os atrapalha muito.

– Adeus – falou o pequeno príncipe.

– Adeus – disse a flor.

# XIX

O pequeno príncipe subiu uma alta montanha. As únicas montanhas que ele já tinha conhecido eram os três vulcões que lhe chegavam aos joelhos. E ele se servia do vulcão extinto como um banquinho. “De uma montanha alta como esta”, disse a si mesmo então, “eu avistarei de uma vez todo o planeta e todos os homens...” Mas ele não avistou nada além de agulhas de rocha bem afiadas.

– Bom dia – disse totalmente ao acaso.

– Bom dia... Bom dia... Bom dia... – respondeu o eco.

– Quem é o senhor? – disse o pequeno príncipe.

– Quem é o senhor... Quem é o senhor... Quem é o senhor... – respondeu o eco.

– Seja meu amigo, eu estou só – disse ele.

– Estou só... estou só... estou só... – respondeu o eco.

"Que planeta engraçado!", pensou ele então. "Ele é todo seco, todo pontudo e todo salgado. E os homens não tem imaginação. Repetem aquilo que a gente diz... No meu planeta, eu tinha uma flor; ela sempre falava primeiro..."

*“Este planeta é todo seco, e todo pontudo e todo salgado”*

# XX

Mas acontece que o pequeno príncipe, caminhando por muito tempo através da areia, pelas rochas e pela neve, enfim descobriu um caminho. E os caminhos vão todos até os homens.

– Bom dia – disse ele.

Era um jardim florido de rosas.

– Bom dia – disseram as rosas.

O pequeno príncipe as olhou. Todas elas se pareciam com a sua flor.

– Quem são vocês? – ele lhes perguntou, estupefato.

– Somos rosas – disseram as rosas.

– Ah! – fez o pequeno príncipe...

E ele se sentiu muito infeliz. Sua flor lhe contara que ela era a única de sua espécie no universo. E eis que ali estavam cinco mil delas, todas semelhantes, em um único jardim!

"Ela ficaria bem ofendida", disse ele para si, "se visse isso... ela tossiria bem alto e fingiria morrer para escapar do papel de ridículo. E eu seria obrigado a fingir cuidar dela, pois, senão, para me humilhar também, ela se deixaria morrer de verdade..."

Depois ele acrescentou: "Eu me achava rico por ter uma flor única, e eu só tenho uma rosa ordinária. Isso e meus três vulcões que me chegam ao joelho, e dos quais um, talvez, esteja extinto para sempre, isso não faz de mim um príncipe muito grande..." E, deitado na grama, ele chorou.

*E, deitado na grama, ele chorou.*

# XXI

Foi então que apareceu a raposa.

– Bom dia – disse a raposa.

– Bom dia – respondeu educadamente o pequeno príncipe, que olhou para trás, mas nada viu.

– Eu estou aqui – disse a voz –, sob a macieira...

– Quem é você? – disse o pequeno príncipe. – Você é bem bonita...

– Eu sou uma raposa – disse a raposa.

– Venha brincar comigo – propôs o pequeno príncipe. – Eu estou tão triste...

– Eu não posso brincar com você – disse a raposa. – Eu não sou cativada.

– Ah! Perdão – falou o pequeno príncipe.

Mas, depois de uma reflexão, acrescentou:

– O que significa "cativar"?

– Você não é daqui – disse a raposa. – O que está procurando?

– Procuro por homens – disse o pequeno príncipe. – O que significa "cativar"?

– Os homens têm espingardas – disse a raposa. – E eles caçam. É bem incômodo! Eles também criam galinhas. É seu único interesse. Você procura galinhas?

– Não – disse o pequeno príncipe. – Eu procuro amigos. O que significa "cativar"?

– É uma coisa sempre esquecida – disse a raposa. – Significa "criar laços..."

– Criar laços?

– É claro – disse a raposa. – Você ainda nada é para mim além de um menininho, totalmente igual a cem mil menininhos. E eu não preciso de você. E você também não precisa de mim. Eu nada sou para você além de uma raposa igual a cem mil raposas. Mas, se você me cativar, nós teremos necessidade um do outro. Você será para mim único no mundo. Eu serei para você única no mundo...

– Estou começando a entender – disse o pequeno príncipe. – Há uma flor... Eu acho que ela me cativou...

– É possível – disse a raposa. – A gente vê na Terra coisas de todos os tipos.

– Oh! Não foi na Terra – disse o pequeno príncipe.

A raposa pareceu muito intrigada.

– Em outro planeta?

– Sim.

– Há caçadores neste tal planeta?

– Não.

– Isso é interessante! E galinhas?

– Não.

– Nada é perfeito – suspirou a raposa.

Mas a raposa retomou seu pensamento:

– Minha vida é monótona. Caço galinhas, os homens me caçam. Todas as galinhas se parecem, e todos os homens se parecem. Então eu fico um pouco entediada. Mas, se você me cativasse, seria como se minha vida ficasse ensolarada. Eu conhecerei um ruído de passos que será diferente de todos os outros. Os outros passos me fazem entrar sob a terra. O seu me chamará para fora da toca, como uma música. E depois, olhe! Você vê ali o campo de trigo? Eu não como pão. O trigo para mim é inútil. Os campos de trigo não me lembram de nada. E isso é triste! Mas você tem cabelos cor de ouro. Então, será maravilhoso quando você tiver me cativado! O trigo, que é dourado, me fará lembrar de você. E amarei o ruído do vento no trigo...

A raposa se calou e olhou por muito tempo para o pequeno príncipe.

– Por favor... me cative! – disse ela.

– Eu bem queria – respondeu o pequeno príncipe –, mas eu não tenho muito tempo. Eu tenho amigos a descobrir e muitas coisas a conhecer.

– Só se conhece as coisas que se cativa – disse a raposa. – Os homens não têm tempo de conhecer nada. Compram coisas já prontas nos mercados. Mas como não existe um mercado de amigos, os homens não têm mais amigos. Se você quer um amigo, me cative!

– O que eu preciso fazer? – disse o pequeno príncipe.

– É preciso ser muito paciente – respondeu a raposa. – Primeiro, você se sentará um pouco longe de mim, assim, na grama. Eu olharei para você pelo canto do olho e você não dirá nada. A linguagem é a fonte dos mal-entendidos. Mas, a cada dia, você poderá se sentar um pouco mais perto...

No dia seguinte, o pequeno príncipe voltou.

– Teria sido melhor voltar na mesma hora – disse a raposa. – Se você vem, por exemplo, às quatro horas da tarde, desde às três horas eu começarei a ficar feliz. Quanto mais a hora avançar, mais eu me sentirei feliz. Já às quatro horas, eu me agitarei e ficarei inquieta: descobrirei o preço da felicidade! Mas se você vem em qualquer horário, eu não saberei nunca à qual hora preparar meu coração... É preciso um ritual.

– O que é um ritual? – disse o pequeno príncipe.

– Isso também é uma coisa sempre esquecida – disse a raposa. – É isto que faz que um dia seja diferente dos outros dias, uma hora, das outras horas. Há um ritual, por exemplo, entre os meus caçadores. Eles dançam às quintas com as moças da aldeia. Então quinta-feira é um dia maravilhoso! Eu posso passear até nas vinhas. Se os caçadores dançassem em qualquer dia, os dias seriam todos iguais, e eu nunca teria férias.

Assim, o pequeno príncipe cativou a raposa. E quando a hora da partida ficou próxima, a raposa disse:

– Ah! Eu vou chorar.

– A culpa é sua – disse o pequeno príncipe –, eu não lhe desejava mal, mas você quis que eu a cativasse...

– Mas é claro – disse a raposa.

– Mas você vai chorar! – disse o pequeno príncipe.

– Mas é claro – disse a raposa.

– Então, você não ganhou nada com isso.

– Eu ganhei – disse a raposa –, por causa da cor do trigo.

Depois acrescentou:

– Vá rever as rosas. Você entenderá que a sua é única no mundo. Você vai voltar para me dizer adeus, e eu lhe darei um segredo de presente.

O pequeno príncipe foi rever as rosas.

– Vocês não são nada parecidas com a minha rosa, vocês não são nada ainda – disse ele. – Ninguém as cativou e vocês não cativaram ninguém. Vocês são como era minha raposa. Ela era apenas mais uma raposa, parecida com cem mil outras. Mas eu fiz dela minha amiga e ela agora é única no mundo.

E as rosas ficaram bem incomodadas.

– Vocês são belas, mas são vazias – acrescentou. – Não se pode morrer por vocês. É claro que qualquer um que passasse acreditaria que *minha* rosa se parece com vocês. Mas ela sozinha é mais importante do que vocês todas, já que foi ela que eu reguei. Já que foi ela que eu

*"Se você vem, por exemplo, às quatro horas da tarde, desde as três eu começarei a ficar feliz"*

coloquei sob a redoma. Já que foi ela que eu protegi com o paravento. Já que foi por ela que eu matei as lagartas (salvo duas ou três pelas borboletas). Já que foi ela que eu escutei se queixar, ou se vangloriar, ou até mesmo, algumas vezes, se calar. Já que ela é minha rosa.

E ele voltou até a raposa.

– Adeus – disse ele...

– Adeus – disse a raposa. – Eis meu segredo. Ele é muito simples: a gente só enxerga bem com o coração. O essencial é invisível aos olhos.

– O essencial é invisível aos olhos – repetiu o pequeno príncipe, a fim de se lembrar.

– Foi o tempo que você gastou com sua rosa que a torna tão importante.

– Foi o tempo que eu gastei com minha rosa... – falou o pequeno príncipe, a fim de se lembrar.

– Os homens esqueceram esta verdade – disse a raposa. – Mas você não deve esquecê-la. Você se torna eternamente responsável por aquilo que cativou. Você é responsável por sua rosa...

– Eu sou responsável por minha rosa... – repetiu o pequeno príncipe, a fim de se lembrar.

# XXII

– Bom dia – disse o pequeno príncipe.

– Bom dia – disse o manobreiro.

– O que você faz aqui? – disse o pequeno príncipe.

– Eu separo os viajantes em grupos de mil – disse o manobreiro. – Envio os trens que os transportam ora para a direita, ora para a esquerda.

E um trem expresso iluminado, rugindo como um trovão, fez tremer a cabine de manobra.

– Eles estão bem apressados – disse o pequeno príncipe. – O que estão procurando?

– Nem mesmo o maquinista sabe – disse o manobreiro.

E rugiu, em sentido inverso, um segundo trem expresso iluminado.

– Eles já voltaram? – perguntou o pequeno príncipe...

– Não são os mesmos – disse o manobreiro. – Há uma troca.

– Eles não estavam contentes lá onde estavam?

– Nunca se está contente onde se está – disse o manobreiro.

E rugiu o trovão de um terceiro trem expresso iluminado.

– Eles estão perseguindo os primeiros viajantes? – perguntou o pequeno príncipe.

– Eles não estão perseguindo absolutamente nada – disse o manobreiro. – Eles dormem lá dentro, ou ficam bocejando. Só as crianças comprimem seus narizes contra os vidros.

– Só as crianças sabem o que estão procurando – falou o pequeno príncipe. – Elas gastam tempo com uma boneca de pano, e ela se torna muito importante, e se a gente a leva embora, elas choram...

– Elas têm sorte – disse o manobreiro.

# XXIII

– Bom dia – disse o pequeno príncipe.

– Bom dia – disse o mercador.

Era um mercador de pílulas aperfeiçoadas para apaziguar a sede. Engole-se uma delas por semana e não se sofre mais com a necessidade de beber.

– Por que você vende isso? – disse o pequeno príncipe.

– É uma grande economia de tempo – disse o mercador. – Os especialistas fizeram alguns cálculos. Economiza-se cinquenta e três minutos por semana.

– E o que a gente faz com estes cinquenta e três minutos?

– A gente faz o que quiser...

"Eu", disse para si o pequeno príncipe, "se eu tivesse cinquenta e três minutos para gastar, andaria bem tranquilamente até uma fonte..."

# XXIV

Nós estávamos no oitavo dia desde minha pane no deserto, e eu havia escutado a história do mercador bebendo a última gota de minha reserva de água.

– Ah! – disse eu ao pequeno príncipe. – As suas lembranças são bem bonitas, mas eu não consertei ainda meu avião, não tenho mais nada para beber e também ficaria feliz se pudesse andar bem tranquilamente até uma fonte!

– Minha amiga raposa me disse...

– Meu rapazinho, não se trata mais da raposa!

– Por quê?

– Porque a gente vai morrer de sede...

Ele não compreendeu meu raciocínio e me respondeu:

– É bom ter tido um amigo, mesmo se a gente vai morrer. *Eu* estou bem contente de ter tido uma amiga raposa...

"Ele não tem noção do perigo", eu disse a mim mesmo, "Ele nunca tem fome ou sede. Um pouco de sol lhe basta..."

Mas ele me olhou e respondeu a meu pensamento:

– Eu também estou com sede... vamos procurar um poço...

Eu fiz um gesto de exaustão: era um absurdo procurar por um poço, ao acaso, na imensidão do deserto. Entretanto nós nos colocamos em marcha.

Quando nós já tínhamos caminhado por horas em silêncio, a noite caiu, e as estrelas começaram a se acender. Eu as vislumbrava como em sonho, um pouco febril por causa de minha sede. As palavras do pequeno príncipe dançavam em minha memória.

– *Você* também está com sede, então? – eu lhe perguntei.

Mas ele não respondeu a minha pergunta. Disse-me simplesmente:

– A água também pode ser boa para o coração...

Eu não entendi sua resposta, mas me calei... Eu bem sabia que não adiantava interrogá-lo.

Ele estava cansado. Sentou-se. Eu me sentei ao seu lado. E, após um silêncio, acrescentou também:

– As estrelas são belas, por causa de uma flor que a gente não vê...

Eu respondi:

– Mas é claro – e eu olhava, sem falar, para as ondas de areia sob a lua.

– O deserto é belo – acrescentou ele.

E era verdade. Eu sempre amei o deserto. A gente se sentou sobre uma duna de areia. Não se via nada. Não se escutava nada. E, entretanto, alguma coisa brilhava em silêncio...

– O que embeleza o deserto – disse o pequeno príncipe –, é que ele esconde um poço em algum lugar...

Eu fiquei surpreso por entender, de repente, aquele misterioso brilho da areia. Quando eu era um menininho, eu morava em uma antiga casa e a lenda rezava que um tesouro lá fora enterrado. É claro que nunca ninguém conseguiu descobri-lo, nem, talvez, o tenha procurado. Mas ele encantava toda aquela casa. Minha casa escondia um segredo no fundo de seu coração...

– Sim – eu disse ao pequeno príncipe – seja em uma casa, nas estrelas ou no deserto, o que lhes dá beleza é invisível!

– Estou contente que você concorde com minha raposa – disse ele.

Como o pequeno príncipe adormeceu, eu o peguei em meus braços e retomei o caminho. Eu estava comovido. Parecia-me carregar um frágil tesouro. Parecia-me até que nada havia de mais frágil sobre a Terra. Eu olhava, sob a luz da lua, sua testa pálida, seus olhos fechados, suas mechas de cabelos que tremulavam ao vento, e eu me dizia: "Isto que vejo é apenas a casca. O mais importante é invisível..."

Como seus lábios entreabertos esboçavam um meio sorriso, eu ainda disse a mim mesmo: "O que tanto me comove neste pequeno príncipe adormecido é sua fidelidade a uma flor, é a imagem de uma rosa que brilha nele como a chama de uma lâmpada, mesmo quando ele dorme..." E eu o achei ainda mais frágil. É preciso proteger as lâmpadas: um sopro do vento pode apagá-las...

E, caminhando assim, descobri o poço ao nascer do sol.

# XXV

– Os homens se enfurnam nos trens, mas não sabem mais o que procuram – disse o pequeno príncipe. – Então, ficam agitados e giram em círculos.

E acrescentou:

– Não vale a pena.

O poço que nós alcançamos não se parecia com os poços saarianos. Os poços saarianos são simples buracos cavados na areia. Aquele se parecia com o poço de um vilarejo. Mas ali não havia nenhum vilarejo e eu acreditava estar sonhando.

– É estranho – eu disse ao pequeno príncipe –, tudo está preparado: a roldana, o balde e a corda...

Ele riu, puxou a corda, fez rodar a roldana.

E a roldana gemeu como geme um velho cata-vento quando o vento dormiu por muito tempo.

– Está escutando – disse o pequeno príncipe – nós acordamos o poço e ele está cantando...

Eu não queria que ele fizesse força.

– Deixe-me fazer – eu lhe disse –, é pesado demais para você.

Lentamente, eu icei o balde até a beiradinha. Eu o apoiei com cuidado. Em meus ouvidos, ecoava o canto da roldana e, na água ainda ondulante, via ondular o sol.

– Estou com sede desta água – disse o pequeno príncipe –, dê-me de beber...

E eu entendi o que ele estava buscando!

Levantei o balde até seus lábios. Ele bebeu, com os olhos fechados. Era doce como uma festa. Aquela água era bem mais do que um alimento. Ela havia nascido da caminhada sob as estrelas, do canto da roldana, do esforço de meus braços. Era boa para o coração, como um presente. Quando eu era um menininho, a luz da árvore de Natal, a música da missa da meia-noite, a doçura dos sorrisos davam todo o encanto do presente de Natal que eu ganhava.

– Os homens de sua terra cultivam cinco mil rosas em um mesmo jardim... – disse o pequeno príncipe. – E eles não acham o que estão procurando...

– Eles não encontram – respondi...

– E, no entanto, o que procuram poderia ser encontrado em uma única rosa ou em um pouco d'água...

– É claro – respondi.

E o pequeno príncipe acrescentou:

– Mas os olhos são cegos. É preciso procurar com o coração.

Eu tinha bebido. Respirava bem. A areia, ao nascer do dia, tem cor de mel. Eu estava tão feliz com esta cor de mel! Por que eu me sentia triste?

– É preciso que você cumpra sua promessa – disse-me docemente o pequeno príncipe, que, de novo, estava sentado perto de mim.

– Qual promessa?

– Você sabe... uma focinheira para meu carneiro... Eu sou responsável por aquela flor!

Eu tirei de meu bolso meus desenhos rascunhados. O pequeno príncipe os avistou e me disse rindo:

– Seus baobás parecem um pouco com pés de repolhos...

– Oh!

Logo eu que estava tão orgulhoso dos baobás!

*Ele riu, puxou a corda, fez rodar a roldana.*

– Sua raposa... suas orelhas... parecem um pouco com chifres... e são longas demais!

E ele riu de novo.

– Você está sendo injusto, rapazinho, eu não sabia desenhar nada além de jiboias fechadas e de jiboias abertas.

– Oh! Tudo bem – disse ele – as crianças entendem.

Eu rabisquei então uma focinheira. E fiquei com o coração apertado ao entregá-la.

– Você tem planos que eu não entendo...

Mas ele não me respondeu. Disse:

– Você sabe, minha queda na Terra... amanhã será o aniversário...

Depois, após um silêncio, acrescentou:

– Eu caí pertinho daqui...

E corou.

E de novo, sem entender por que, experimentei uma angústia bizarra. Entretanto, uma pergunta me veio:

– Então, não é por acaso que, naquela manhã em que o conheci, há oito dias, você caminhava assim sozinho, a mil milhas de distância de qualquer região habitada! Você estava voltando ao local em que caiu?

O pequeno príncipe corou mais.

E eu acrescentei, hesitante:

– Por causa do aniversário, talvez?

O pequeno príncipe corou de novo. Ele nunca respondia a perguntas, mas, quando a gente cora, isso é um "sim", não é?

– Ah! – eu disse. – Tenho medo...

Mas ele me respondeu:

– Você deve trabalhar agora. Você deve voltar para sua máquina. Eu o espero aqui. Volte amanhã à noite...

Mas eu não estava à vontade. Eu me lembrava da raposa. A gente corre o risco de chorar um pouco quando se deixa domesticar...

# XXVI

Havia ao lado do poço uma ruína de um velho muro de pedra. Quando eu retornei de meu trabalho na noite seguinte, avistei de longe meu pequeno príncipe sentado lá no alto, as pernas balançando. E escutei o que ele falava:

– Você não se lembra, então? – dizia. – Não é mesmo aqui!

Uma outra voz provavelmente lhe respondeu, já que replicou:

– Sim! Sim! O dia está certo, mas não é este o lugar...

Eu continuei andando até o muro. Eu ainda não via nem escutava ninguém. Entretanto, o pequeno príncipe replicou de novo:

– ....mas é claro. Você verá onde começam minhas pegadas na areia. Você só precisa me esperar lá. Eu estarei lá esta noite.

Eu estava a vinte metros do muro e ainda não via nada.

O pequeno príncipe acrescentou, depois de um silêncio:

– Você tem um bom veneno? Você tem certeza de que não vou sofrer por muito tempo?

Eu me detive, o coração apertado, mas ainda sem entender.

– Agora, vá embora – disse ele... – Eu quero descer!

Então eu mesmo abaixei os olhos até a base do muro e dei um salto! Ela estava lá, erguida na direção do pequeno príncipe, uma destas serpentes amarelas que lhe executam em trinta segundos. Tateando meu bolso para sacar meu revólver, apressei o passo, mas, com o ruído que fiz, a serpente se deixou correr suavemente pela areia, como um jato d'água que some, e, sem se apressar demais, se enfiou entre as pedras com um leve ruído de metal.

Eu alcancei o muro bem a tempo de receber em meus braços aquele meu principezinho, pálido como a neve.

– Que história é essa? Você agora está falando com serpentes?

Eu tinha afrouxado seu sempre presente lenço dourado. Molhei sua testa e lhe dei de beber. E agora eu não ousava lhe perguntar mais nada. Ele me olhava com uma expressão séria e me abraçava pelo pescoço com seu braço. Eu sentia seu coração bater como o de um pássaro que morre, quando a gente atira com uma espingarda. Ele me disse:

– Eu estou contente que você tenha achando o que faltava em sua máquina. Você vai poder voltar para casa...

– Como você sabe?!

Eu vinha justamente lhe contar que, contra toda esperança, tinha conseguido resolver o problema!

Ele não respondeu minha pergunta, mas acrescentou:

– Eu também vou voltar para minha casa hoje...

Depois, melancólico:

– É bem mais longe... é bem mais difícil...

Eu bem sentia que alguma coisa extraordinária estava acontecendo. Eu o apertei em meus braços como uma criancinha e, no entanto, parecia que ele escorregava verticalmente em um abismo sem que eu pudesse segurá-lo...

Ele estava com um olhar sério, perdido muito ao longe.

– Eu tenho seu carneiro. E a caixa para o carneiro. E a focinheira...

*"Agora, vá embora – disse ele... – Eu quero descer!"*

E ele sorriu com melancolia.

Eu esperei por bastante tempo. Senti que ele voltava a esquentar pouco a pouco.

– Rapazinho, você ficou com medo...

Ele ficara com medo, é claro! Mas ele riu docemente.

– Eu ficarei com muito mais medo esta noite...

De novo, eu me senti gelar com o sentimento do irreparável. E compreendi que não suportava a ideia de nunca mais escutar aquele riso. Era para mim como uma fonte no deserto.

– Rapazinho, eu quero escutar seu riso outra vez...

Mas ele me disse:

– Esta noite fará um ano. Minha estrela ficará bem acima do lugar em que eu caí no ano passado...

– Rapazinho, não foi apenas um sonho ruim esta história de serpente e de encontro e de estrela...

Mas ele não respondeu à minha pergunta. Ele me disse:

– O que é importante, não pode ser visto...

– É claro...

– É como a flor. Se você ama uma flor que se encontra em uma estrela, torna-se doce, de noite, observar o céu. Todas as estrelas ficam floridas.

– É claro...

– É como a água. Aquela que você me deu para beber era como uma música, por causa da roldana e da corda... você se lembra... ela era boa.

– É claro...

– Você observará as estrelas de noite. Meu planeta é pequeno demais para que eu lhe mostre onde ele fica. É melhor assim. Minha estrela será para você uma das estrelas. Então, você gostará de observar todas as estrelas... Todas elas serão suas amigas. E depois eu lhe darei um presente...

Ele riu de novo.

– Ah! Rapazinho, rapazinho, eu amo escutar seu riso!

– Justamente, este será meu presente... Será como a água...

– O que você quer dizer?

– As pessoas não têm as mesmas estrelas. Para uns, que viajam, as estrelas são guias. Para outros, não são nada além de pequenas luzes. Para outros, que são sábios, são problemas. Para meu empresário elas eram ouro. Mas todas aquelas estrelas se calam. *Você* terá estrelas como ninguém tem...

– O que você quer dizer?

– Como eu estarei morando em uma das estrelas, como eu estarei rindo em uma delas, quando você olhar para o céu de noite será para você como se todas as estrelas rissem. *Você* terá estrelas que sabem rir!

E ele riu de novo.

– E quando você estiver consolado (a gente sempre se consola), você se sentirá contente por ter me conhecido. Você sempre será meu amigo. Você terá vontade de rir comigo. E você às vezes abrirá sua janela, assim, por prazer... E seus amigos ficarão bem espantados de vê-lo rir olhando o céu. Então, você lhes dirá: "Sim, as estrelas sempre me fazem rir!" E eles acharão que você está louco. Eu lhe terei pregado uma grande peça...

E ele riu de novo.

– Será como se eu lhe tivesse dado, ao invés de estrelas, um monte de sininhos que sabem rir...

E ele riu de novo. Depois, voltou a ficar sério.

– Esta noite... você sabe... não venha.

– Eu não vou abandoná-lo.

– Eu vou parecer mal... Vai parecer que estou morrendo. É assim. Não venha ver isso, não vale a pena...

– Eu não vou abandoná-lo.

Mas ele estava preocupado.

– Eu lhe disse... é também por causa da serpente. Não é preciso que ela lhe morda... As serpentes são malvadas. Podem morder por prazer...

– Eu não vou abandoná-lo.

Mas alguma coisa o acalmou.

– É verdade que elas não têm mais veneno para uma segunda mordida...

Naquela noite, eu não o vi ir embora. Ele se foi sem ruído. Quando eu consegui alcançá-lo, caminhava decidido, com passo rápido. Ele apenas me disse:

– Ah! Você está aí...

E me pegou pela mão. Mas ficou atormentado de novo.

– Você está errado. Você ficará triste. Eu parecerei estar morto e não será verdade...

*Eu* permaneci calado.

– Você compreende. É longe demais. Eu não posso levar este corpo. É pesado demais.

*Eu* permaneci calado.

– Mas será como uma velha casca abandonada. Não há tristeza em velhas cascas...

*Eu* permaneci calado.

Ele perdeu um pouco da coragem. Mas fez mais um esforço.

– Vai ser bom, sabe. Eu também vou observar as estrelas. Todas as estrelas são poços com uma roldana enferrujada. Todas as estrelas me darão de beber...

*Eu* permaneci calado.

– Será tão divertido! Você terá quinhentos milhões de sininhos, eu terei quinhentos milhões de fontes...

E ele também se calou, porque começou a chorar...

– É ali. Deixe-me andar sozinho.

E ele se sentou porque tinha medo. Disse ainda:

– Você sabe... minha flor... Eu sou responsável por ela! E ela é tão frágil! E ela é tão ingênua. Ela tem quatro espinhos de nada que servem para protegê-la contra o mundo...

*Eu* também me sentei porque não aguentava mais ficar de pé. Ele disse:

– Aqui está... Isso é tudo...

Ele hesitou um pouco ainda, depois se levantou. Deu um passo. *Eu* não conseguia me mexer.

Houve apenas um lampejo amarelo perto de seu tornozelo. Ele permaneceu um instante imóvel. Não gritou. Caiu suavemente, como cai uma árvore. Não fez ruído algum, por causa da areia.

# XXVII

E agora, é claro, já faz seis anos... Eu ainda não tinha contado esta história. Os companheiros que me encontraram ficaram bem contentes de me ver vivo. Eu estava triste, mas lhes dizia: "É o cansaço"...

Agora, eu me sinto um pouco consolado. Isto é... não exatamente. Mas eu bem sei que ele voltou a seu planeta, pois, ao nascer do sol, não encontrei seu corpo. Não era um corpo tão pesado... E eu gosto de escutar as estrelas de noite. São como quinhentos milhões de sininhos...

Mas eis que aconteceu uma coisa extraordinária. Eu esqueci de acrescentar a correia de couro à focinheira que eu desenhei para o pequeno príncipe! Ele nunca deve ter conseguido amarrá-la ao carneiro. Então, eu me pergunto: "O que aconteceu em seu planeta? É bem provável que o carneiro tenha comido a flor..."

*Ele caiu suavemente, como cai uma árvore.*

Às vezes eu digo a mim mesmo: "Claro que não! O pequeno príncipe guarda sua flor todas as noites sob sua redoma de vidro, e ele vigia bem seu carneiro..." Então fico feliz. E todas as estrelas riem docemente.

Às vezes eu digo a mim mesmo: "A gente se distrai uma vez ou outra e isso basta! Ele esqueceu uma noite a redoma de vidro, ou o carneiro saiu sem fazer barulho..." Então, os sininhos se transformam em lágrimas!

Eis o imenso mistério. Para vocês que também amam o pequeno príncipe, como para mim, nada no universo fica igual se em algum lugar, não se sabe onde, um carneiro que nós não conhecemos comeu ou não uma rosa...

Observem o céu. Perguntem a si mesmos: "O carneiro comeu ou não a flor?" E vocês verão como tudo muda...

E nunca uma pessoa grande compreenderá o quanto isso é importante!

Esta é, para mim, a mais bela e a mais triste paisagem do mundo. É a mesma paisagem da página anterior, mas eu a desenhei mais uma vez para lhes mostrá-la bem. Foi aqui que o pequeno príncipe apareceu sobre a Terra, e depois desapareceu.

Olhem com atenção esta paisagem a fim de terem certeza de que a reconhecerão, se um dia vocês viajarem pelo deserto da África. E, se acontecer de passarem por lá, eu lhes suplico, não se apressem, esperem um pouco bem debaixo da estrela! Se então uma criança vier até vocês, se ela rir, se ela tiver cabelos dourados, se ela não responder quando for questionada, vocês logo saberão que é ele. Então, sejam gentis! Não me deixem tão triste: escrevam-me logo que ele voltou...

NOTA DO TRADUTOR

# Os desafios de se traduzir uma obra que todo mundo conhece

Apesar de grande parte do público deste livro ser crianças, que podem não estar interessadas nas escolhas de tradução e, por consequência, nesta *Nota*, muitas "pessoas grandes" também amam *O Pequeno Príncipe* e talvez tenham curiosidade de saber o motivo de certas escolhas... e detalhes.

O ato tradutório é sempre passível de questionamento, uma vez que há sempre várias possibilidades de tradução para um único trecho. No caso de uma obra tão célebre quanto *O Pequeno Príncipe*, a responsabilidade torna-se muito maior, dada sua popularidade e difusão. É difícil quem não saiba recitar uma ou outra passagem de cor. Talvez por isso esta edição cause alguma estranheza e esta *Nota* faça-se necessária.

Esta tradução se pretende menos interpretativa e, portanto, mais literal e próxima do original, na medida em que tentou respeitar nuances do texto em francês, que, em traduções mais antigas, era interpretado livremente em algumas passagens. Obviamente, isto não quer dizer que seja uma tradução melhor, ou pior; quer dizer apenas que há diferença de intenção. E que, apesar de haver diversas traduções no mercado, ao menos em parte esta é diferente.

Para começar a explicar algumas dessas escolhas, citemos o caso do verbo "domesticar", usado no lugar do já consagrado "cativar", na passagem: "Você se torna eternamente responsável por aquilo que domesticou". Talvez a mais difundida do livro, ao menos no Brasil. O fato é que o termo em francês, *apprivoiser* é usado de forma bastante literal e não apresenta ambiguidades quanto ao seu significado: "domar", "amansar" ou "domesticar". É o termo usado quando se fala em feras treinadas ou em animais domesticados. Metaforicamente, pode ser usado em expressões como "domar o coração", ou algo assim (a clássica peça de Shakespeare, em francês, se chama *La Megère Apprivoisée*, isto é, *A Megera Domada*), mas não tem, em um primeiro momento, o sentido de "cativar", salvo por um possível esforço interpretativo e por extensão ainda não consagrada no idioma original.

De modo geral, as falas do pequeno príncipe (sim, com iniciais minúsculas, pois em nenhum momento usam-se capitulares para se referir a ele no original e isto também foi mantido) são sempre muito literais, ainda que carregadas de fantasia, como é típico de crianças, então, parece mais interessante manter uma tradução igualmente literal. Claro que o livro pode ser lido de forma alegórica, mas a interpretação não precisa ser dada de antemão pelo tradutor. No trecho abaixo, vemos a raposa descrever o início do processo de domesticação de um animal selvagem:

– É preciso ser muito paciente – respondeu a raposa. – Primeiro, você se sentará um pouco longe de mim, assim, na grama. Eu olharei para você pelo canto do olho e você não dirá nada. A linguagem é a fonte dos mal-entendidos. Mas, a cada dia, você poderá se sentar um pouco mais perto...

A imagem é bem literal: para se aproximar de um animal selvagem, é preciso ir com cautela, avançando aos poucos, sem movimentos bruscos, demonstrando que não há perigo. Parte da graça está no absurdo (tão típico de contos de fadas) de a própria raposa (um ser falante e consciente, no caso) descrever o próprio processo de domesticação. A escolha do verbo "domesticar", portanto, possibilita uma leitura literal, mas igualmente metafórica, apesar de destacar a relação entre o homem e o animal, e possibilita outras interpretações, além do ato de "cativar alguém". Uma leitura possível pode se dirigir à máxima de que animais são os amigos mais fiéis do homem. Ou ainda, que, uma vez domesticada, a Natureza (animal, humana ou vegetal) fica à nossa mercê, vulnerável, e, portanto, o *domesticador* se torna responsável por ela. Estas interpretações não estão no texto, mas podem ser depreendidas, assim como a ideia de que é preciso cativar as pessoas. Em suma, "domesticar" é a tradução literal do termo e dá conta de mais chaves de leitura, por isso foi o termo escolhido. Por fim, para embasar a escolha, foram consultadas traduções da obra para o inglês, italiano e espanhol, que traduzem *apprivoiser* respectivamente por *tame*, *addomesticare*, *domesticar*.

Outra coisa que talvez chame a atenção a um leitor habitual de *O Pequeno Príncipe* está no fato de termos optado por grafar alguns pronomes pessoais ou possessivos em itálico quando isso não acontece no original. O motivo é simples: em francês, é comum o uso reiterado desses pronomes para dar ênfase. Então, em vez de se dizer simplesmente *Ma rose*, dizem *Ma rose à moi* (literalmente "minha rosa minha"). Como a repetição do pronome ficaria muito estranha em português, optou-se por utilizar o itálico para intensificá-lo; logo, o trecho *Ma rose à moi* foi traduzido simplesmente por "*minha* rosa". O mesmo foi feito em casos como: *Tu auras, toi, des* étoiles *qui savent rire!* (literalmente "Você terá, você, estrelas que sabem rir!"), traduzido por: "*Você* terá estrelas que sabem rir!". E assim por diante.

Optou-se também por não cortar as inúmeras repetições ao longo do livro. Em muitas ocasiões, o mesmo verbo é utilizado em todo um diálogo, um mesmo sujeito reiterado diversas vezes ou até trechos inteiros são retomados. Obviamente, essa era a intenção de Exupéry. Afinal, ele poderia ter escolhido evitar as repetições e em muitos casos elas produzem efeitos gradativos e nuances. Além disso, tais estruturas remetem, a um só tempo, à tradição oral e ao universo infantil dos contos de fadas (vide os contos dos irmãos Grimm, de Andersen ou *O Maravilhoso Mágico de Oz*, de L. Frank Baum), e, por isso, assim foi mantido, salvo raríssimas exceções. O mesmo foi feito em relação a advérbios e adjetivos aparentemente excessivos, usados da mesma maneira para dar ênfase no original, e que também se manteve.

No que diz respeito às formas de tratamento, optamos por traduzir *tu* por "você", e *vous* (literalmente "vós") como "vocês" quando designam várias pessoas e por "o senhor" ou "os senhores" quando denota um tratamento de respeito, uma vez que, em diversos momentos, há um contraste entre a forma de tratamento das personagens, ora mais formal, ora menos. Isso fica evidente, por exemplo, no diálogo entre o rei e o pequeno príncipe, no qual o primeiro se refere ao pequeno príncipe por *tu* (traduzido por "você") enquanto este se dirige ao rei por *vous* (traduzido por "o senhor"). Por outro lado, quando em francês o pronome era *on* (pronome genérico, normalmente traduzido por "se" impessoal), ora traduzimos por "se", como em *on exige* ("exige-se"), ora por "a gente": *On ne sait jamais* ("A gente nunca sabe"), pois retoma um aspecto coloquial marcante no original.

Por fim, um comentário sobre a tradução de literal de *grande personne* por "pessoa grande". É comum traduzir *grande personne* por "adulto" simplesmente, apesar de existir em francês a palavra *adulte*. No entanto, como no livro há a contraposição entre "pessoas grandes" e "crianças", a tradução literal parece emular melhor a fala e o universo infantil, por isso foi mantida ao longo de todo o texto. Novamente, as traduções para o italiano e para o espanhol embasam esta escolha.

---

BRUNO ANSELMI MATANGRANO é tradutor, escritor, pesquisador e editor. Bacharel em Letras (português e francês) e mestre em Literatura Portuguesa, pela Universidade de São Paulo (USP), atualmente faz doutorado na mesma instituição. Dedica suas pesquisas às literaturas simbolista e fantástica, escritas em português e em francês. É também coeditor da coleção de clássicos *O Melhor de Cada Tempo*, da Editora Vermelho Marinho, e das revistas acadêmicas *Desassossego* do programa de pós-graduação em Literatura Portuguesa da USP e *Non Plus*, do programa de Estudos Linguísticos, Literários e Tradutológicos em Francês. Além disso, possui traduções, contos e artigos publicados e é autor do livro *Contos para uma Noite Fria*.

# Bibliografia Consultada

CABRAL, Maria Jesus Quintas Reis. *Le Petit Prince et les itinéraires de Saint--Exupéry. Revista Máthesis*, n. 5. Viseu: Universidade Católica Portuguesa, 1996, pp. 395-416.

___________. "Saint-Exupéry" in POLET, Jean Claude (org.). *Auteurs Eurpéens du Premier XXe siècle – 2: Cérémonial pour la mort du sphynx – 1940-1958*. Bruxelas: De Boeck Université, 2002, pp. 347-355.

CHEVALIER, Jean; GHEERBRANT, Alain. *Dicionário de Símbolos (Mitos, sonhos, costumes, gestos, formas, figuras, cores, números)*. 22ª ed. Vários tradutores. Rio de Janeiro: José Olympio, 2008.

LE HIR, Yves. *Fantaisie et Mystique dans* Le Petit Prince *de Saint-Exupéry*. Paris: Nizet, 1954.

MARTIN, Kathleen (editora). *O Livro dos Símbolos – Reflexões sobre Imagens Arquetípicas*. Colônia: Taschen, 2002.

ORENGO, Nico. *"Prefazione", in SAINT-EXUPÉRY, Anoine. Il Piccolo Principe*. Trad. Nini Bompiani Bregoli. Milão: Tascabili Bompiani, 2011, pp. V-XI.

QUESNEL, Michel. *Saint-Exupéry ou la vérité de la poésie*. Paris: Plon, 1965.

***Website* Consultado:**

http://www.antoinedesaintexupery.com/

PÉ da letra